ALCESTE,

TRAGÉDIE - OPÉRA

EN TROIS ACTES.

ALCESTE,

TRAGÉDIE-OPÉRA
EN TROIS ACTES;

REPRÉSENTÉE

DEVANT LEURS MAJESTÉS,

A Fontainebleau, le 13 Octobre 1785,

ET REMISE A PARIS,
SUR LE THÉATRE

DE L'ACADEMIE - ROYALE
DE MUSIQUE,

Le Vendredi 24 Février 1786.

PRIX XXX SOLS.

A PARIS,

De l'Imprimerie de P. DE LORMEL, Imprimeur de ladite Académie,
rue du Foin Saint-Jacques, à l'Image de Sainte Genevieve.
On trouvera des Exemplaires à la Salle de l'Opéra.

M. DCC. LXXXVI.
Avec Approbation, & Privilege du Roi.

(2)

Le Poëme eſt de M. ✳ ✳ ✳

La Muſique eſt de M. le Chevalier GLUCK.

ACTEURS ET ACTRICES
CHANTANTS DANS LES CHŒURS.

| CÔTÉ DE LA REINE. | | CÔTÉ DU ROI. | |
Mesdemoiselles.	Messieurs.	Mesdemoiselles.	Messieurs.
Des Rosières.	Larlat.	Dubuisson.	Péré.
D'Hautrive.	Capoi.	Garrus.	Martin.
Joséphine.	Rey.	Rouxelin.	Legrand.
Fel.	Vallon	Sanctus.	Poussez.
Launer.	Renaud.		Touvoys.
	Douville.	Charmoy.	Cauchois.
Macker.	Pancotte.	Leclerc.	Jalliot.
Aurore.	Cleret.	Voisin.	Cavallier.
David.	Tacusset.	Desportes.	Jouve.
Breffort.	De Lori.	Lacourneuve	Moulin.
Beaumont.	Fagnan.	Ste James.	Jalaguier.
Defrenneville.	Bouvard.	Mulot.	Duchamp.
Rozalie.	Joinville.	Amyot.	Delboy.
Rostêne.	Le Roux, l.	De Lilette.	Débeirk.
	Le Roux, c.		Le Férie.

ACTEURS CHANTANS.

ALCESTE,	Mlle S. - Huberti.
ADMETE.	M. Lainé.
HERCULE,	M. Larrivée.
LE GRAND-PRÊTRE,	M. Chéron.
EVANDRE,	M. Rousseau.
UN HÉRAUT D'ARMES,	M. Moreau.
APOLLON,	M. Moreau.
UNE DIVINITÉ INFERNALE,	M. Chardini.
L'ORACLE	M. Chardini.
PREMIERE CORIPHÉE,	Mlle Gavaudan, 1.
SECONDE CORIPHÉE,	Mlle Joinville.

FEMMES *de la Suite d'Alceste,* Mlles
{ Girardin.
Josephine.
Thaunat.

OFFICIERS *du Palais,* M^{rs}
{ Chardini.
Châteaufort.
Martin.
Dufresnaye.
Tacusset.
Leroux, c.

OFFICIER *de la Garde d'Alceste,* M. Deshayes.

PERSONNAGES DANSANTS.

ACTE PREMIER.

PRÉTRESSES.

Mlle ZACHARIE.

Mlles Garnier, Simon, Bigotini, Courtois, Puiſieux, Dancour, Langlois, Hortenſe.

ACTE SECOND.

PEUPLES GRECS.

Mrs SIVILLE, GUENETÉ.

Mlle. COULON.

Mlles HILIGEBERG, TROCHE.

M^{rs}. Richard, Blanche, Pladix, Ducel, Largiere, Guillet, l.

Mlles. Henriette, Meziere, Barré, Camille, Vanloo, Lacroix.

VILLAGEOIS, VIEILLARDS.

M. LAURENT. Mlle MASSON.

JEUNES BERGERS.

M. NIVELON.

Mlle GUIMARD.

Mrs Lahaye, Clerget, Barré, Coulon, Guillet, c.
Bozon.

Mlles Siville, Leclerc, Lacofte, Praut, Laborie,
Lécrivain.

ACTE TROISIEME.

SUITE DU ROI.

Mrs GARDEL, FAVRE.

Mrs Simonet, Lebel, Abraham, Leberton, Millon,
Poinon, Rivet, Joly.

Mlles SAULNIER, MILLER.

Mlles Bigotini, Courtois, Garnier, Simon,
Dancour, Puifieux, Langlois, Hortenfe.

PEUPLES.

M. NIVELON.

Mrs Blanche, Richard, Largiere, Guillet, l.

Mlles Perignon, Langlois.

Mlles Barré, Camille, Vanloo, Lacroix.

ALCESTE,

TRAGÉDIE-OPÉRA.

ACTE PREMIER.

Le Théâtre repréfente une Place publique ; fur un des côtés on voit, en avancement, le Palais d'ADMÈTE, fur la porte duquel eft un Balcon en faillie : le fond du Théâtre repréfente le Portique du Temple d'Apollon. Une foule de Peuple, dans l'agitation & dans l'attitude de la crainte & de la douleur, remplit la place.

SCENE PREMIERE.

UN HÉRAUT d'Armes, ÉVANDRE, CHŒUR.

LE *CHŒUR.*

Dieux! rendez-nous notre Roi, notre père.

A

LE HÉRAULT, sur le Balcon.

Peuple ! votre Roi touche à son heure dernière,
L'impitoyable mort est prête à le saisir,
Et nul secours humain ne peuvent le ravir
  A sa main meurtrière.

LE C ŒUR.

O Dieux ! qu'allons-nous devenir ?
Non, jamais le courroux céleste,
Sur des mortels qu'il veut punir,
N'a frappé de coups plus funeste.

É V A N D R E.

Suspendez vos gémissemens,
Le palais s'ouvre.

PLUSIEURS VOIX.

    Ah ! je frémis, je tremble !

É V A N D R E.

La Reine vient à nous, vous voyez ses enfans.
Dieux ! que d'infortunés ce lieu fatal rassemble.

SCÊNE II.

Les ACTEURS de la scène précédente, ALCESTE
& ses ENFANS.

CHŒUR, à deux parties.

O malheureux Admète! ô malheureuse Alceste!
O trop cruel destin! ô fort vraiment funeste!

TOUS.

Objets si tendrement chéris,
Enfans infortunés! seul espoir qui nous reste!
Nous ses sujets!.. ou plutôt ses amis,
Pour qui cent fois il exposa sa vie.
O Dieux! qu'allons-nous devenir?
Malheureuse patrie!
O Dieux! qu'allez-vous devenir?
Non, jamais le courroux céleste,
Sur des mortels qu'il veut punir,
N'a frappé de coup plus funeste.

ALCESTE.

Sujets du Roi le plus aimé,
Vous répandez des pleurs, hélas! trop légitimes!

A 2

Par fon amour pour vous, par fes vertus fublimes,
Il faifoit le bonheur de fon peuple charmé ;
Il faifoit le bonheur d'une époufe chérie,
    Qui ne fçauroit vivre fans lui.
  Foibles enfans, fans efpoir, fans appui,
Les yeux à peine ouverts au néant de la vie,
   O Dieux qu'allez-vous devenir?

LE CHŒUR.

    Malheureufe patrie !
  O Dieux ! qu'allez-vous devenir ?

ALCESTE.

   Hélas ! dans ce malheur extrême,
Nous n'avons plus d'efpoir qu'en leur bonté fuprême,
   Eux feuls peuvent nous fecourir.

   Grands Dieux ! du deftin qui m'accable
   Sufpendez du moins la rigueur ;
   Et fur l'excès de mon malheur,
   Jettez un regard fecourable !

   Rien n'égale mon défefpoir,
   Mes tourmens, ma douleur amère ;
   Si l'on n'eft pas époufe & mère,
   On ne fçauroit les concevoir.

O vous ! dont les tendres appas
Sont l'image, à mes yeux si chère,
De mon époux, de votre père,
Venez, jettez-vous dans mes bras ?...

Quand je vous presse sur mon sein,
Mes chers fils ! mon cœur se déchire ;
Je sens augmenter mon martyre,
En pensant à votre destin.

CHŒUR à deux parties.

O malheureux Admète ! ô malheureuse Alceste !
O trop cruel destin ! ô jour vraiment funeste !

ALCESTE au Peuple.

Suivez-moi dans le Temple, allons offrir aux Dieux
Nos sacrifices & nos vœux.
Au pied de leurs Autels, arrosés de mes larmes,
Ils verront une épouse en pleurs,
Des enfans menacés du plus grand des malheurs :
Tout un peuple accablé des plus justes alarmes.
Peut-être à cet aspect touchant,
Ces Dieux, notre unique espérance,
Par la pitié, par la clémence,
Laisseront-ils fléchir leur courroux menaçant.

(*Elle sort.*)

LE CHŒUR.

Non, jamais le courroux céleste,
Sur des mortels qu'il veut punir,
N'a frappé de coup plus funeste.
O Dieux ! qu'allons-nous devenir ?

SCENE III.

Le Théatre repréfente le Temple d'Apollon : la Statue coloffale de ce Dieu paroît au milieu du Temple.

LES PRÊTRES ET LES PRÊTRESSES.

LE GRAND-PRÊTRE ET LE CHŒUR,
alternativement.

DIEU puiffant ! écarte du Trône,
De la mort le glaive effrayant ;
Perce d'un rayon éclatant
Le voile affreux qui l'environne.

LE GRAND-PRÊTRE.

Reffouviens-toi que fur ce bord fertile,
Banni des Cieux, dans ta courfe incertain,

Admète t'offrit un asyle
Contre les rigueurs du destin.

LE CHŒUR.

Dieu puissant ! &c.

LE GRAND-PRÊTRE.

Dispensateur de la lumière,
Toi ! qui fais l'ornement des Cieux,
Et qui de ton char radieux,
Répands dans ta vaste carrière,
Autant de bienfaits que de feux ;
D'un Peuple gémissant, daigne écouter les vœux ;
Rends-lui son Roi, son Protecteur, son Père !
Rends-lui le plus grand des bienfaits,
Dont le Ciel ait jamais favorisé la terre.
Un Roi, l'ami de ses Sujets.

LE CHŒUR.

Dieu puissant ! écarte du Trône,
De la mort le glaive effrayant,
Perce d'un rayon éclatant
Le voile affreux qui l'environne.

ALCESTE,

(*Les* PRÊTRES *&* PRÊTRESSES *continuent les Cérémonies Sacrées pendant le* CHŒUR.)

LE *GRAND-PRÊTRE.*

Suspendez vos sacrés mystères ;
La Reine vient unir ses vœux à nos prières.

SCÊNE IV.

Les Acteurs précédens, ALCESTE.

ALCESTE.

IMMORTEL Apollon ! toi, dont l'œil pénétrant,
Des replis de nos cœurs perce la nuit obscure ;
Si dans le mien, à ton culte constant,
Tu n'apperçus jamais qu'une piété pure,
Un chaste amour, des desirs innocens ;
Daigne prendre pitié du tourment qui m'accable,
Et jette un regard favorable
Sur cette offrande & ces présens ?

(*On offre des présens au* DIEU *; on brûle des parfums, &c. &c.*)

LE

LE GRAND-PRETRE.

Apollon est sensible à nos gémissemens,
Et des signes certains m'en donnent l'assurance.
Plein de l'esprit divin qu'inspire sa présence,
Je me sens élever au-dessus d'un mortel.

  Quelle lumière éclatante
Entourre la Statue, & brille sur l'Autel !
  L'horreur d'une sainte épouvante
  Se répand autour de moi ;
La terre sous mes pas fuit & se précipite ;
Le marbre est animé, le saint trépied s'agite,
  Tout se remplit d'un juste effroi ;
Tout m'annonce du Dieu la présence suprême ;
Ce Dieu sur nos destins veut s'expliquer lui-même ;
Il va parler : saisi de crainte & de respect,
  Peuple, observe un profond silence,
  Reine, dépose à son aspect
  Le vain orgueil de la puissance.
Tremble.

L'ORACLE, *sortant de la Statue.*

  Le Roi doit mourir aujourd'hui,
Si quelqu'autre au trépas ne se livre pour lui.

B

ALCESTE,

LE GRAND-PRÊTRE ET LE CHŒUR,
à la fois.

LE GRAND-PRÊTRE.

Tout se tait ! qui de vous à la mort
  veut s'offrir ?
Personne ne répond, notre Roi va
  mourir.

LE CHŒUR.

Quel oracle funeste !
Fuyons, nul espoir ne nous reste,
Admète, du destin tu vas subir les
  coups.
Fuyons !

SCENE V.

ALCESTE, *seule.*

OU fuis-je, malheureufe Alcefte !
Voilà donc le fecours que j'attendois de vous,
Dieux puiffans ! cher époux, tu vas perdre la vie,
    Sans efpoir elle t'eft ravie,
Si quelqu'autre pour toi ne fe livre à la mort.
    Il n'eft plus pour moi d'efpérance ;
Tout fuit, tout m'abandonne à mon funefte fort :
    De l'amitié, de la reconnoiffance ;
J'efpérerois en vain un fi pénible effort.
    Ah ! l'Amour feul en eft capable,
Cher époux ! tu vivras, tu me devras le jour ;
Ce jour, dont te privoit la Parque impitoyable,
    Te fera rendu par l'Amour.

    Non, ce n'eft point un facrifice,
    Eh ! pourrois-je vivre fans toi !
    Sans toi, cher Admète, ah ! pour moi,
    La vie eft un affreux fupplice,

    Effort cruel ! ô défefpoir !
Il faut donc renoncer, cher objet de ma flâme ;
                  B ij

Renoncer pour jamais à régner dans ton âme,
Au plaisir de t'aimer, au bonheur de te voir.

O mes enfans ! ô regrets superflus !
Objets si chers à ma tendresse extrême,
Images d'un époux que j'adore, qui m'aime !
O mes fils, mes chers fils, je ne vous verrai plus !

Non, ce n'est point un sacrifice, &c.

Arbitres du sort des humains,
Terribles Déités, qui tenez dans vos mains
Nos fragiles destinées,
J'invoque vos fermens, ne les trahissez pas !
Tranchez le fil de mes années,
Pour mon époux, je me livre au trépas.

SCENE VI.

ALCESTE, LE GRAND-PRÊTRE,
rentrant inspiré.

LE *GRAND-PRÉTRE.*

TES deftins font remplis, déjà la Mort s'apprête
A dévorer fa proie, & plane fur ta tête,
Et ton époux refpire aux dépens de tes jours.
Dès que l'aftre brillant aura fini fon cours,
 Et que le jour fera place aux ténèbres,
 Du Dieu des morts les Miniftres funèbres
 Viendront t'attendre aux portes de l'Enfer.

ALCESTE.

J'y volerai remplir un devoir qui m'eft cher.

SCENE VII.

ALCESTE, *seule.*

Divinités du Styx, Ministres de la Mort,
Je n'invoquerai point votre pitié cruelle.
J'enlève un tendre époux à son funeste sort;
Mais je vous abandonne une épouse fidelle.

Mourir pour ce qu'on aime est un si doux effort,
Une vertu si naturelle,
Mon cœur est animé du plus noble transport.

Je sens une force nouvelle,
Je vole où mon amour m'appelle.
Mon cœur est animé du plus noble transport.

Divinités du Styx, Ministres de la Mort,
Je n'invoquerai point votre pitié cruelle.

Fin du premier Acte.

ACTE SECOND.

Le Théatre repréfente un vafte Sallon du Palais
d'ADMÈTE.

SCENE PREMIERE.

ÉVANDRE, PEUPLE *qui entre en danfant*
& en chantant.

LE CHŒUR.

QUE les plus doux transports fuccèdent aux
alarmes !
Le ciel vient de tarir la fource de nos larmes.
Vive Admète, vive à jamais,
Un Roi, l'amour de fes fujets.

Reprise du CHŒUR, avec la Danse.

Que les plus doux transports succèdent aux alarmes!
Le ciel vient de tarir la source de nos larmes.
Le plus aimé des Rois à nos vœux est rendu,
   Des mains de la Mort implacable,
Les Dieux ont arraché le glaive redoutable,
Sur lui, sur tout son peuple à la fois suspendu.

SCENE II.

ADMÈTE, *& les Acteurs précédens; plusieurs*
*embrassent les genoux d'*ADMÈTE.

ÉVANDRE.

O MON Roi!... notre appui!... notre père!...
   ô mon Maître!
O Roi le plus chéri, le plus digne de l'être!

ADMÈTE.

O mes enfans! ô mes amis!
   Vous m'aimez, mes vœux sont remplis.
Mais par quel art nouveau, par quel heureux
   miracle,

                                        Des

Des portes du trépas, ramené parmi vous,
Goûtai-je des plaisirs si sensibles, si doux.

ÉVANDRE.

Sur vos destins s'est expliqué l'oracle ;
Vos jours alloient finir, si quelqu'autre à la Mort
　Ne s'offroit pour victime :
Un Héros inconnu, par un effort sublime,
A satisfait pour vous à la rigueur du sort.

ADMÈTE.

Oracle affreux ! ô rigueur inouïe !
De nos faveurs, grands Dieux ! font-ce là les effets ?
Croyez-vous qu'à ce prix je puisse aimer la vie ;
Moi qui consentirois qu'elle me fût ravie
　Pour le dernier de mes sujets.

LES CORIPHÉES, alternativement
avec le CHŒUR.

Vivez, aimez des jours dignes d'envie,
Jouissez du bonheur de combler tous les vœux,
　De l'épouse la plus chérie :
　De rendre tout un peuple heureux.
Ah ! quelque soit cet ami généreux
Qui pour son Roi se sacrifie,

C

Mourant pour vous, pour la Patrie,
Son fort eſt aſſez glorieux.

(On danſe.)

ADMÈTE.

Alceſte, chère Alceſte ! ah ! qu'il m'eſt doux de vivre
Pour adorer encore vos vertus, vos appas !
Mais, pourquoi ne vient-elle pas
Partager les tranſports où tout mon cœur ſe livre ?

ÉVANDRE.

C'eſt à ſes cris, c'eſt à ſes pleurs puiſſans,
Que les Dieux en courroux ont calmé leur colère ;
A ces Dieux adoucis ſa touchante prière
Adreſſe en ce moment des vœux reconnoiſſans.

SCÊNE II.

LES ACTEURS PRÉCÉDENS , ALCESTE , *avec*
ſa Suite.

ADMÈTE , vivement , en courant à ALCESTE.

ALCESTE!

ALCESTE.

Cher époux!

ENSEMBLE.

O moment fortuné!

ADMÈTE.

Je te revois!

ALCESTE.

Tu vis ! les Dieux m'ont exaucée

ENSEMBLE.

Je ne crains plus du ſort le couroux obſtiné,
Et ma douleur eſt effacée.

O moment fortuné.

C ij

LE *CHŒUR*.

Plus de pleurs, plus de tristesse.
Livrons-nous à l'allégresse;
Quel moment plein de douceur!
Admète va faire encore,
De son peuple qui l'adore
Et la gloire & le bonheur.

ALCESTE, à part.

Ces chants me déchirent le cœur.

LE *CHŒUR*.

Plus de pleurs, plus de tristesse, &c. &c.

ADMÈTE.

Transports flatteurs que tout mon cœur partage,
Qu'il sent bien tout le prix d'un aussi tendre hom-
mage!
Oui, les Dieux adoucis, après tant de rigueurs,
Me font enfin jouir de toutes leurs faveurs.

UNE *CORIPHÉE*, LE *CHŒUR*, & la Danse.

Parez vos fronts de fleurs nouvelles,
Tendres Amans, heureux Epoux,
Et l'Hymen, & l'Amour, de leurs mains immor-
telles,
S'empressent d'en cueillir pour vous.

Puiffent vos belles deftinées,
Se prolonger au gré de vos defirs !
Puiffent la gloire & les plaifirs,
Compter feuls les inftans de vos longues années !

Parez vos fronts de fleurs nouvelles, &c.

UNE CORIPHÉE.

Heureufe époufe, tendre Alcefte,
Jouiffez dans cet heureux jour,
De tous les dons de la faveur célefte,
Et des bienfaits que vous offre l'Amour.

Parez vos fronts de fleurs nouvelles, &c.

ALCESTE, à part.

O Dieux ! foutenez mon courage ;
Je ne puis plus cacher l'excès de mes douleurs,
Et malgré moi des pleurs
S'échappent de mes yeux, & baignent mon vifage.

LE CHŒUR.

Parez vos fronts de fleurs nouvelles, &c.

ADMÈTE.

O momens délicieux !
Alcefte, cher objet de toute ma tendreffe ;

C'eſt toi, c'eſt ton amour, qui les rend précieux!...
Mais que vois-je, & pourquoi la plus ſombre triſteſſe
Se peint-elle encor dans tes yeux ?

ALCESTE.

Hélas !

ADMÈTE.

Bannis la crainte & les alarmes;
Que le plaiſir ſuccède à la douleur :
C'eſt à lui de ſécher nos larmes ;
C'eſt par toi qu'il plaît à mon cœur.

Ma vie eſt un bienfait de la bonté céleſte;
Mais ce qui me la fait chérir,
Mais tout le charme d'en jouir,
Eſt un don de l'amour d'Alceſte.

Bannis la crainte & les alarmes, &c.

ALCESTE.

Dieux !

ADMÈTE.

Tu pleures !... je tremble.... à de nouveaux
malheurs
Serions-nous réſervés encore?
Mes enfans, où ſont-ils ? diſſipe mes frayeurs.

ALCESTE.

Le ciel n'a point fur eux étendu fes rigueurs.

ADMÈTE.

Ils refpirent, je vis, tu fais que je t'adore,
   Pourquoi donc verfes-tu des pleurs?
Tu ne me réponds pas?

ALCESTE, à part.

      Dieux! que puis-je lui dire?

ADMÈTE.

Je cherche tes regards, tu détournes les yeux!
   Ton cœur me fuit, je l'entends qui foupire.

ALCESTE, à part.

O douleur! ô tourment affreux!

ADMÈTE.

Ce cœur pour ton époux n'eft-il donc plus le même
Il verfoit dans le mien fes peines, fes plaifirs.

ALCESTE.

Les Dieux ont entendu mes vœux & mes foupirs,
   Ils favent, ces Dieux, fi je t'aime.

   Je n'ai jamais chéri la vie
   Que pour te prouver mon amour.

Ah ! pour te conferver le jour,
Qu'elle me foit cent fois ravie.

Je t'aimerai jufqu'au trépas,
Jufques dans la nuit éternelle,
Et de ma tendreffe fidelle,
La Mort ne triomphera pas.

Je n'ai jamais chéri la vie, &c.

ADMÈTE.

Tu m'aimes, je t'adore, & tu remplis mon cœur
Des plus vives alarmes.

ALCESTE.

Ah ! cher époux, pardonne à ma douleur;
Je n'ai pu te cacher mes larmes.

ADMÈTE.

Et qui les fait couler ?

ALCESTE.

On t'a dit à quel prix
Les Dieux ont confenti de calmer leur colère,
Et t'ont rendu des jours fi tendrement chéris.

ADMÈTE.

Connois-tu cet ami, victime volontaire ?

ALCESTE.

ALCESTE.

Il n'auroit pu survivre à ton trépas.

ADMÈTE.

Nomme-moi ce Héros?

ALCESTE.

Ne m'interroge pas?

ADMÈTE.

Réponds-moi?

ALCESTE.

Je ne puis.

ADMETE.

Tu ne peux?

ALCESTE, *à part.*

Quel martyre!

ADMETE.

Explique-toi?

ALCESTE, *à part.*

Tout mon cœur se déchire.

ADMETE.

Alceste !

D

ALCESTE, *à part.*

Je frémis !

ADMÈTE.

Alceste ! au nom des Dieux,
Au nom de cet amour si tendre, si fidele,
Qui fait tout mon bonheur, qui comble tous mes
　　　vœux,
　　　Romps ce silence odieux,
　　Dissipe ma frayeur mortelle !

ALCESTE.

Mon cher Admète, hélas !

ADMÈTE.

　　　　　Tu me glaces d'effroi ;
Parle ? quel est celui dont la pitié cruelle
　　L'entraîne à s'immoler pour moi ?

ALCESTE.

Peux-tu le demander ?

ADMÈTE.

　　　　O silence funeste !
Parle ? Enfin je l'exige.

ALCESTE.

　　　　Eh ! quel autre qu'Alceste

Devoit mourir pour toi?

LE CHŒUR.

O Dieux!

ADMÈTE.

Toi!... Ciel!... Alceste !

LE CHŒUR.

O malheureux Admète !
Que pourfuit le fort en courroux !
O généreux effort d'une vertu parfaite !
Alceste meurt pour fon époux.

ADMÈTE.

O coup affreux!

ALCESTE.

Admète !

ADMÈTE.

Ah ! laiffe-moi, cruelle !
Laiffe-moi !

ALCESTE.

Cher époux !...

ADMÈTE.

Non , laiffe-moi mourir !

D ij

Laiſſe-moi ſuccomber à ma douleur mortelle,
  A des tourmens que je ne puis ſouffrir.

A L C E S T E.

Calme ce déſeſpoir & ces douleurs extrêmes,
Vis! conſerve des jours ſi chers à mon amour.

A D M E T E.

Tu veux mourir, tu veux me quitter ſans retour?
Et tu veux que je vive? Et tu dis que tu m'aimes?
Qui t'a donné le droit de diſpoſer de toi?
Les ſermens de l'Amour & ceux de l'Hymenée
Ne te tiennent-ils pas à mes loix enchaînée?
Tes jours, tous tes momens ne ſont-ils pas à moi?
Peux-tu me les ravir ſans être criminelle?
    Peux-tu vouloir mourir, cruelle!
Sans trahir tes ſermens, ton époux & ta foi?
Et les Dieux ſouffriroient cet affreux ſacrifice?

A L C E S T E.

Ils ont été ſenſibles à mes pleurs.

A D M E T E.

D'un amour inſenſé, leur barbare caprice,
    Approuveroit-il les fureurs?
Non, je cours réclamer leur ſuprême juſtice;

Ils tourneront fur moi leurs coups ;
Ils reprendront leur première victime ;
Ou ma main ne fuivant qu'un tranfport légitime,
Satisfera doublement leur courroux.

ALCESTE.

Arrête, ô Ciel ! ah ! cher époux !

ADMETE.

Barbare ! non, fans toi je ne puis vivre ;
Tu le fçais, tu n'en doute pas ;
Et pour fauver mes jours ta tendreffe me livre
A des maux plus cruels cent fois que le trépas.
La mort eft le feul bien qui me refte à prétendre,
Elle eft mon feul recours dans mes tourmens affreux,
Et l'unique faveur que j'ofe encore attendre
De l'équité des Dieux.
Barbare ! non, fans toi je ne puis vivre.

(*Il fort.*)

ALCESTE.

Grands Dieux ! pour mon époux j'implore vos
fecours ;
Oppofez à fes vœux un invincible obftacle,
Calmez fon défefpoir & confervez fes jours !
C'eft à moi feule à remplir votre Oracle.

SCENE IV.

ALCESTE, PEUPLE.

UNE VOIX ET LE CHŒUR.

TANT de graces !

UNE AUTRE.

Tant de beauté,

UNE AUTRE.

Son amour,

UNE AUTRE.

Sa fidélité.

UNE AUTRE.

Tant de vertus,

UNE AUTRE.

De si doux charmes.

TOUS.

Nos vœux, nos prières, nos larmes,

Grands Dieux ! ne peuvent vous fléchir !
Et vous allez nous la ravir.

ALCESTE.

Dérobez-moi vos pleurs, ceffez de m'attendrir.
Ah ! malgré moi, mon foible cœur partage
Vos tendres pleurs ; vos regrets fi touchans ;
Et je fens trop dans ces cruels inftans
Que j'ai befoin du plus ferme courage.

Voyez quelle eft la rigueur de mon fort,
Epoufe, mère & Reine fi chérie....
Rien ne manquoit au bonheur de ma vie,
Et je n'ai plus d'autre efpoir que la mort.

Quel fupplice ! quelle rigueur !
Il faut quitter tout ce que j'aime.
Cet effort, ce tourment extrême,
Et me déchire, & m'arrache le cœur.

LE CHŒUR.

Oh ! que le fonge de la vie
Avec rapidité s'enfuit !
Comme une fleur épanouie,
Qu'un fouffle des autans flétrit ;

Alceste si jeune, si belle,
Meurt au plus brillant de ses jours,
Et la Parque injuste & cruelle,
De son bonheur tranche le cours.

Fin du second Acte.

ACTE

ACTE TROISIEME.

Le Théâtre repréſente la même décoration qu'au ſecond Acte, mais moins éclairée, parce que le jour commence à tomber.

SCENE PREMIERE.

ÉVANDRE, CORIPHÉES, PEUPLE.

ÉVANDRE ET UNE *CORIPHÉE.*

Nous ne pouvons trop répandre de larmes,
Alceſte touche au moment du trépas.
   Son époux ne ſurvivra pas
   A la perte de tant de charmes.

E

ÉVANDRE.

O, Peuple infortuné !

UNE CORIPHÉE.

Quel funeste avenir !....

TOUS.

Pleure, ô patrie !
O Thessalie !
Alceste va mourir.

SCENE II.

LES ACTEURS *de la Scène précédente*, HERCULE
& sa suite.

HERCULE au fond du Théâtre.

APRES de longs travaux entrepris pour la gloire,
L'implacable Junon me laisse respirer.

LE CHŒUR.

Hercule !

HERCULE.

A l'amitié je puis donc me livrer,

Et jouir un moment du fruit de la victoire.
Mais que vois-je ? pourquoi répandez-vous des
    pleurs ?

É VANDRE.

Ami d'Admète, apprenez nos malheurs ;
Alcefte,... Admete,...

HERCULE.

Admète !...

É VANDRE.

Hélas !

UNE CORIPHÉE.

A l'Autel de la mort elle a porté fes pas,
Malgré nos pleurs, nos cris, Admète l'a fuivie.

CHŒUR.

Pleure, ô Patrie !
O, Theffalie !
Alcefte va mourir.

HERCULE, avec tranfport.

Au pouvoir de la mort je fçaurai la ravir.
Repofez-vous fur un ami fenfible.
Repofez-vous fur ce bras invincible.
Au pouvoir de la mort je faurai la ravir.

C'eſt en vain que l'Enfer compte ſur ſa victime ;
Non, vous ne perdrez point l'objet de votre amour.
Je deſcendrai plutôt au ténébreux abîme :
J'en jure par le Dieu qui m'a donné le jour.

(*Ils ſortent.*)

SCENE III.

*Le Théâtre repréſente un ſite affreux ; le fond eſt
rempli par des arbres deſſéchés & briſés. Sur un
des côtés, on voit des Rochers ſuſpendus &
menaçans ; de l'autre une Caverne d'où il ſort
de tems en tems un feu obſcur. C'eſt l'entrée des
Enfers : en avancement des arbres, & un peu
de côté, eſt l'Autel de la Mort ; il eſt de pierre
brute, & paré d'une faux. Le jour eſt pâle & tom-
bant, & il diminue progreſſivement.*

ALCESTE, DIEUX INFERNAUX *qu'on ne voit pas.*

A L C E S T E entrant.

GRANDS Dieux ! ſoutenez mon courage !
Avançons, je frémis !.... conſommons notre ouvrage.

Ciel! quel affreux féjour! Où fuis-je? Juftes Dieux !
Tous mes fens font faifis d'une terreur foudaine :
 Tout de la mort; dans ces horribles lieux,
  Reconnoît la loi fouveraine.
Ces arbres defféchés, ces rochers menaçants;
La terre dépouillée, aride & fans verdure ;
Le bruit lugubre & fourd de l'onde qui murmure;
Des oifeaux de la nuit les ténébreux accents :
Cet antre, cet autel.... ces fpectres effrayants ;
Cette pâle clarté dont la lumière obfcure
Répand fur ces objets une nouvelle horreur ;
Tout de mon cœur glacé redouble la terreur.
Dieux! que mon entreprife eft pénible & cruelle!
La terre fe refufe à mes pas chancelans,
  Et mes genoux tremblans
S'affaiffent fous le poids de ma frayeur mortelle.

   (*Elle tombe fur un Rocher.*)

(*Elle fe relève , & fait un pas vers l'Autel de la*
    Mort.)

Ah ! l'Amour me redonne une force nouvelle,
A l'Autel de la Mort lui-même il me conduit,
Et des antres profonds de l'éternelle nuit,
  J'entends fa voix qui m'appelle.

CHŒUR DES DIVINITÉS INFERNALES.

Malheureuſe ! où vas-tu ?

Attends.

Pour tenter de deſcendre aux rivages funèbres,
Que le jour qui te fuit faſſe place aux ténèbres,
Tu n'attendras pas long-tems.

ALCESTE.

Ah ! Divinités implacables !
Ne craignez pas que par mes pleurs
Je veuille fléchir les rigueurs
De vos cœurs impitoyables.

La Mort a pour moi trop d'appas,
Elle eſt mon unique eſpérance :
Ce n'eſt pas vous faire une offenſe ,
Que de vous conjurer de hâter mon trépas.

SCENE IV.

ALCESTE, ADMETE, Dieux infernaux.
qu'on ne voit pas.

ALCESTE.

Ciel ! Admète ! ô moment terrible !
(*Elle retombe.*)

ADMETE.

Que vois-je ? Alceste ! Alceste ! justes Dieux !
Aux portes des Enfers, Alceste !

ALCESTE.

Ah ! malheureux !
Eh ! que viens-tu chercher dans ce séjour horrible ?

ADMETE.

La Mort est tout ce que je veux,
Les Dieux cruels ont rejetté mes vœux.

ALCESTE.

Que dis-tu ? Ciel !... Admete ! ô désespoir affreux !
Tes sujets ! nos enfans ! n'es-tu donc plus leur père !

Vis pour garder le souvenir
D'une épouse qui te fut chère,
Qui ne vivoit que pour te plaire,
Et qui pour toi voulut mourir.

A D M E T E,

Vivre sans toi ! moi ! vivre sans Alceste !
Vivre pour abhorrer la lumière céleste,
Et ces barbares Dieux, auteurs de tous nos maux !
Sans cesse déchiré par des tourmens nouveaux,...
J'irois traîner des jours que je déteste ;
Je pourrois !... Ciel !

         Alceste ! Alceste ! au nom des Dieux,
Sois sensible au sort qui m'accable ;
Ah ! prends pitié d'un époux misérable ;
Et ne le livre point à ces tourmens affreux.

Errant dans ce Palais qu'embellissoient tes charmes,
Je chercherois en vain la trace de tes pas ;
En proie à la douleur, les yeux baignés de larmes,
Je pousserois des cris que tu n'entendrois pas.
Pour adoucir l'excès de ma misère,
J'irois embrasser mes enfans,
Je les verrois frémir à l'aspect de leur père ;
                       J'entendrois

J'entendrois leurs plaintifs accens
Me reprocher ta mort, me demander leur mère.

Alceste ! Alceste ! &c.

UNE DIVINITÉ INFERNALE.

Caron t'appelle, entends sa voix:
De la Parque, un de vous doit être le partage.
Alceste ! c'est à toi de décider son choix;
Si tu révoques le vœu qui t'engage,
Admete de la mort subira feul les loix.

ALCESTE.

Qu'il vive, & des Enfers ouvrez-moi le paffage.

CHŒUR DES DIEUX INFERNAUX.

Alceste ! Alceste ! le jour fuit;
Et le deftin qui te pourfuit,
A marqué ton heure fatale,
Suis-nous dans la nuit infernale.

ALCESTE.

Adieu, cher époux.

ADMETE.

Arrêtez !

F

ALCESTE.

C'en eſt fait.

ADMETE.

Arrêtez, barbares Déïtés ;
Exercez ſur moi ſeul votre rage inhumaine,
Enſeveliſſez-moi dans la nuit du trépas.

CHŒUR DES DIVINITES INFERNALES.

L'Enfer parle, obéis à ſa loi ſouveraine.

ADMETE.

Vous n'arracherez point Alceſte de mes bras,
Cruelles !

ALCESTE.

Un pouvoir invincible m'entraîne.

LE CHŒUR.

L'Enfer parle, obéis à ſa loi ſouveraine.

ALCESTE.

O Dieux !

ADMETE.

Aux Enfers je ſuivrai ſes pas !

SCENE V.

HERCULE, *fa Suite* ; ADMÈTE, *avec une partie des Divinités infernales.*

HERCULE.

Ami, leur rage eft vaine,
Compte fur ma valeur ;
Cédez troupe inhumaine,
Craignez mon bras vengeur.

ADMÈTE.

Que votre main barbare
Porte fur moi fes coups ;
Frappez, Dieux du Tenare,
Et réuniffez-nous.

CHŒUR.	HERCULE.
Notre fureur eft vaine,	Fuyez, troupe inhumaine,
Cédons à fa valeur !	Craignez mon bras vengeur.
Le fils de Jupiter de l'Enfer eft	Le fils de Jupiter, &c.
vainqueur.	

HERCULE, *ramenant* ALCESTE.

Des mains de l'amitié reçois, mon cher Admète,
Le digne objet de ton ardeur.

F ij

ADMÈTE.

Ah! ma félicité est d'autant plus parfaite,
Que c'est de mon ami que je tiens mon bonheur.

SCENE VI.

HERCULE, ADMÈTE, ALCESTE,
APOLLON.

Poursuis, ô digne fils du souverain des cieux,
Et l'immortalité deviendra ton partage.
Le ciel, qui te regarde, admire ton courage,
Et ta place est déjà marquée au rang des Dieux.

(*à* ADMÈTE *&* à ALCESTE.)

Vivez, heureux époux, pour servir de modèle
Aux mortels que l'Hymen enchaîne sous ses loix!
Que ce séjour affreux disparoisse à ma voix!

*Le Théâtre change, & représente une avant-cour
du Palais d'*ADMÈTE *: le Peuple entre en
foule.*

SCENE VII.

Les ACTEURS *de la scène précédente,*
& le PEUPLE.

APOLLON.

ET vous, qui vous montrez à vos Rois si fidèle,
Peuple, venez, accourez dans ces lieux ;
Et pour des Souverains, objets de tous vos vœux,
Redoublez d'amour & de zèle.

ADMÈTE, ALCESTE, *à* APOLLON,
qui remonte au Ciel.

Reçois, Dieu bienfaisant, l'hommage de nos cœurs,
Dont le bonheur surpasse l'espérance.
Par le transport de leur reconnoissance,
Juge du prix de tes faveurs.

HERCULE.

Tendres époux! c'est dans votre bonheur
Que je trouve ma récompense;
Qu'il soit le prix de ma valeur !

SCENE DERNIERE.

HERCULE, ADMÈTE, ALCESTE, PEUPLE.

ADMÈTE, au PEUPLE.

O MES Amis ! Alceste m'est rendue.

ALCESTE, courant à ses enfans, qui entrent.

O mes enfans !

ADMÈTE.

Les Dieux font adoucis.

ALCESTE, ADMÈTE, aux Enfans.

Je vous revois, nos malheurs font finis.

LE CHŒUR.

O moment fortuné ! faveur inattendue !

ADMÈTE, ALCESTE, montrant HERCULE.

C'est ce Héros qui nous a réunis.

LE CHŒUR.

Qu'ils vivent à jamais, ces fortunés époux !

Le Ciel les a fauvés pour le bonheur du monde.
Qu'à vos vœux , qu'à nos chants tout l'Univers
réponde ,
L'art de nous rendre heureux fait leur foin le plus
doux.

F I N.

A P P R O B A T I O N.

J'AI lu , par ordre de Monfeigneur le Garde des Sceaux ,
LA TRAGEDIE-OPERA D'ALCESTE , & je n'y ai rien trouvé
qui m'ait paru devoir en empêcher l'impreffion. A Paris ,
le 22 Février 1786.

B R E T.

www.ingramcontent.com/pod-product-compliance
Lightning Source LLC
Chambersburg PA
CBHW061652180626
46818CB00003B/1060